五行歌集

花宙

書家　甘雨

もくじ

i

花宙

月で星で
戯れて
ふたり沈む闇が
宙に
なるまで

青　青　青

かなしみも　宙も

静寂も

みな　まなざしの似た

一色《ひといろ》

膨張してゆく
宇宙の中で
卵のような
孤独
温めなおしている

宙からの
驟雨に濡れた
樹々
いのちの
彩度を上げた

赦しあって
褒め称えあって
衰亡する
星
一つ

海は　母で
宙は　瞳で
土は
還る　星
だのに

剥がれ落ちそうな
残星
あかるんでゆく
白々しさが
答えだ

その重力につながれて
ひかりのない
天体となる
またたきのうつくしさは
しらない

宇宙が
色を決める
きみと仰いだ
月の
艶やか

胸に
ざわめきと
空と
大地があって
この　いのちと思う

空に
海に　かなしみに
溶け合うように
青い
鳥

ゆれる
水面に問えば
真実は
ゆめとうつつの
狭間にあるという

すきな風がある
ほおをなぜるように
うつ
鉄塔の上
ひかる風

夕闇に安堵する
人も　街も
一瞬の素顔は
切なさの
シルエット

人間は
においがする
歩んだ
土が
しみるのだ

狂った
自我の方位を
花の
織りなすかぜが
糺《ただ》してくれる

花は
たおやかな
鎮魂
心のかたちの
棺にもなる

いつもこころは
花びらにのって
きみの
無垢に
逢いにゆくとき

灰色の
蕾
咲くか
白か
黒か

やわらかな花弁
強さという
美にかわるまで
いくえにも
いくえにも

光りに舞い上がっては
なんどでも
咲く
花びらたちの
生命讃歌

ゆるぎない愛は
やわらかな大地
堕ちても
堕ちても
花の　宙

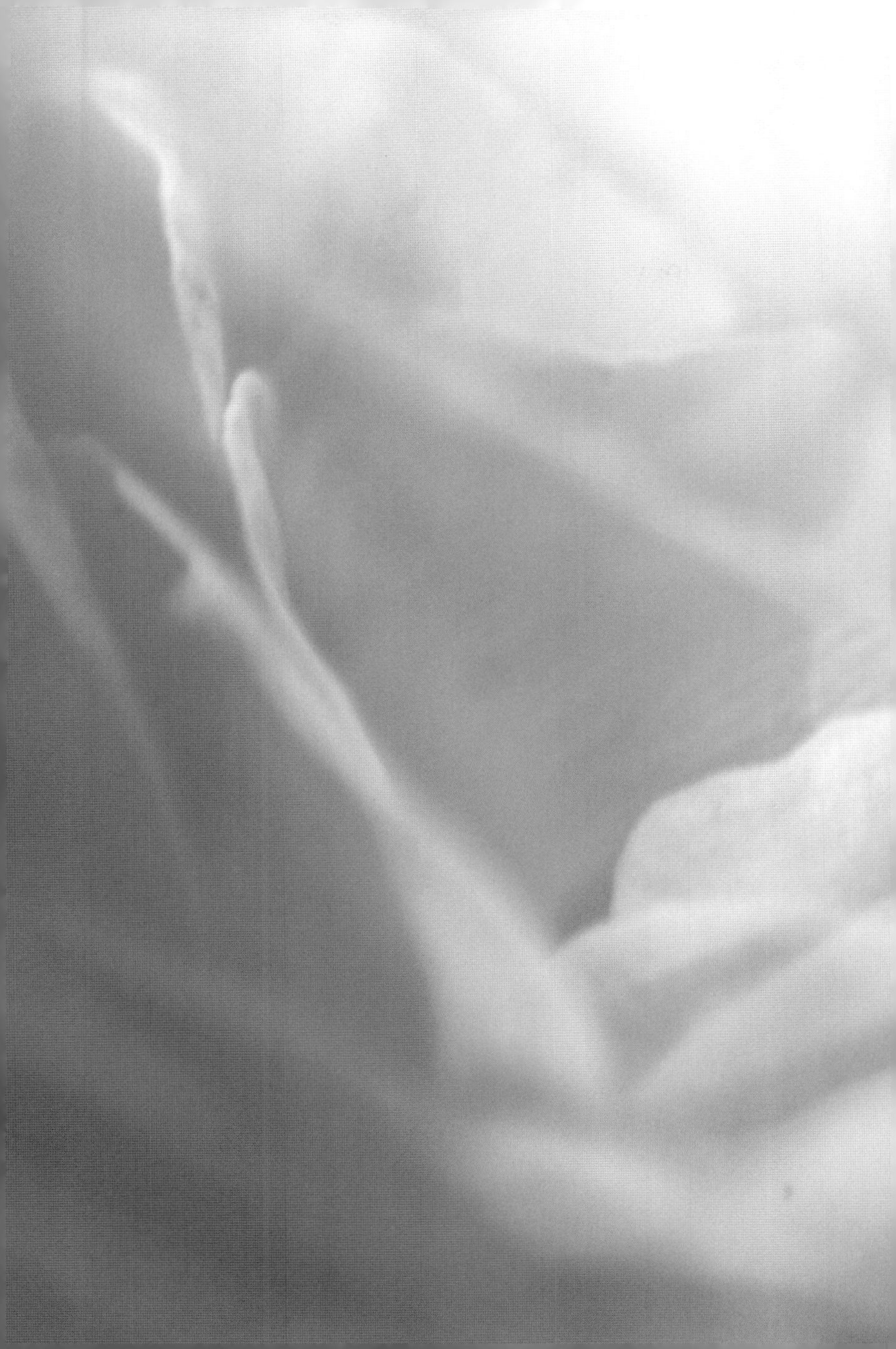

はしりきるまでの
驟雨
はだけた
かなしみを
濡らして

ふりだしそうな
はいいろです
空に
甘えれば
慟哭

いつまで
雨の残像に
濡れているの
透ける心を
覗かせながら

雨の
とうめいな胎内に
音が　記憶が
やさしさが
にぢむの

居心地がいいか
守るほどのものか
此処は
ぬるい
雨粒の内側

しずくの輪郭
きりり
かなしみを
断ち切る
凛々しさで

なすすべのない
スコールの中
やがて眼に宿る
光《プライド》
のようなもの

曖昧さと
毅然さと
混濁が
いとおしい
雨の描くセカイ

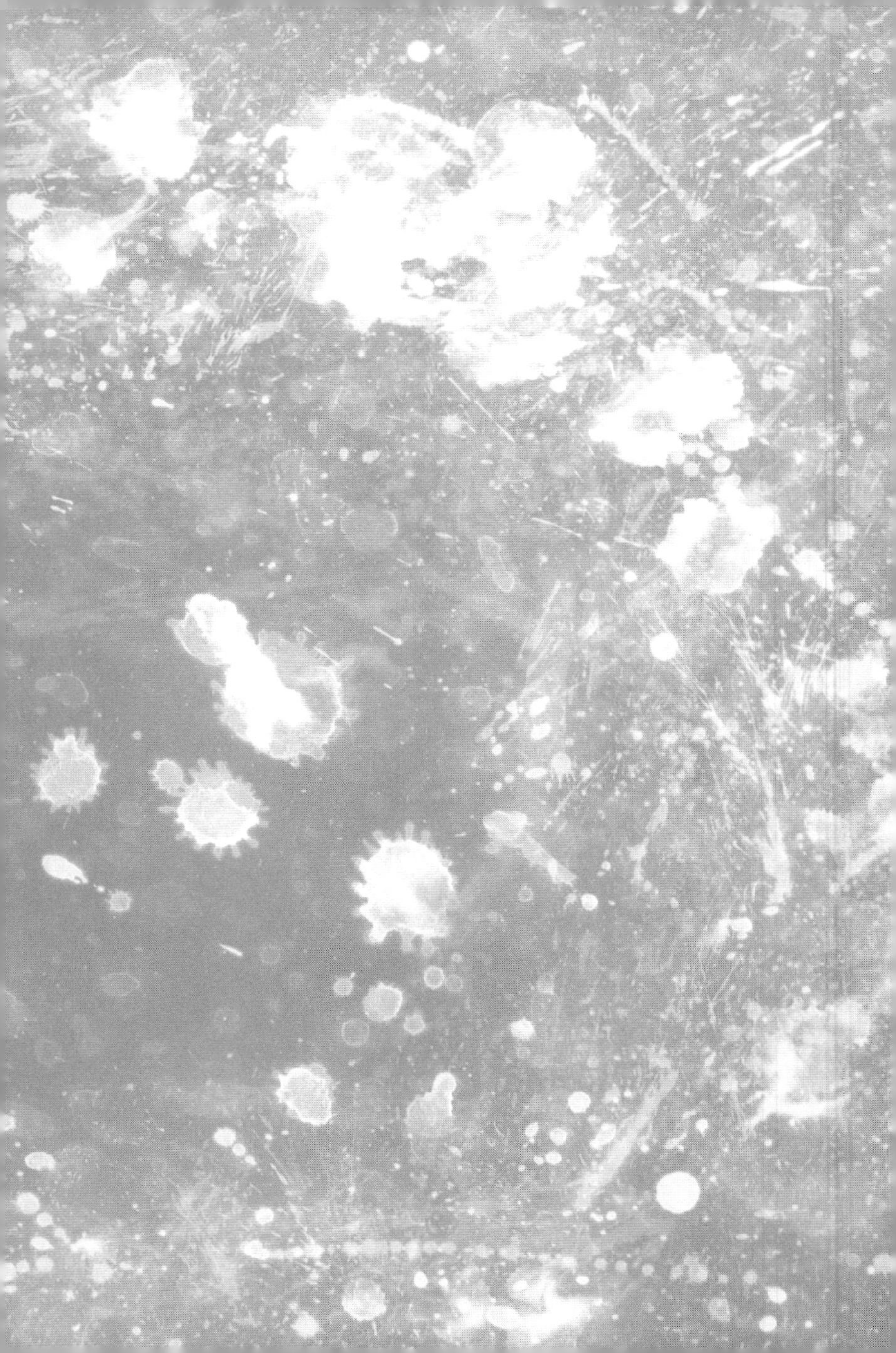

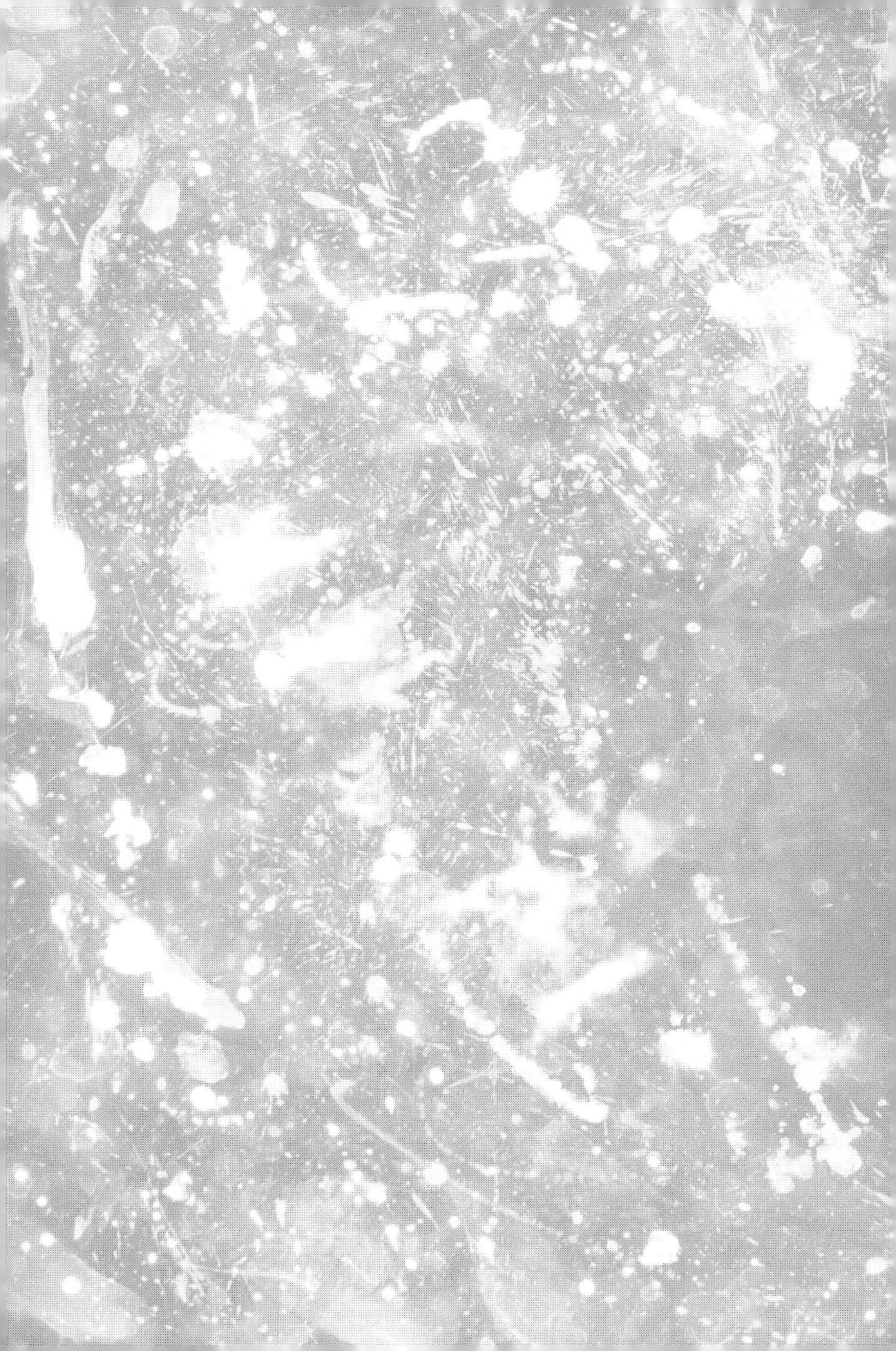

一月の
しろいしろい決意は
すこし穢して—
からが
ほんもの

きみの
ふるさとから教わった
雪の、白さ
白いからこその、重さ
ほんとうの雪ということ

この世界の
だれにも内緒の
吐息を
漏らしたくなる
白もくれんの咲いたよるには

春のにほひの中で
逢う
ぬるい
狂気を
微睡《ねむ》らせている

さくらに
綻ぶ
横顔
君のくちびる
散らしていいか

花につられて
かなしみから
顔をあげれば
春はもう
そこに、居たんだ

春は
好きじゃない
いっせいに芽吹く
速度に
ついてゆけない

くだる
列車
箱ごと眠らせる
いたずらな魔女は
昼の月

夢とうつつの
ひるがえる
きみが散らした
恋の
ひとひら

歩き疲れた
森の子宮で
みどりたちの
瞑想に
抱かれている

雨に
光るようなすがたは
あじさいの
叱咤
かなしみに似ていた

色づくのを
止められなくて
六月の
ぬるい雨を
乞う

降りしきる
きみが濁す
景色に
見惚れている
6月の水槽の中

淡い　ためらいの隣
おくびょうな雨越しの
まなざしの　向こう
ああ
7月の　光

睡蓮の
快楽《けらく》
弾けし真夜の
白き
咎

風鈴の音に
迷い込む路地裏
風の鳴く黄昏だから
二人
戻り道なくして

きみに届かない
鼓動が
九月の
碧空を
仰いでいる

張りつめた
月
抑制の
一弦だけで
鳴く

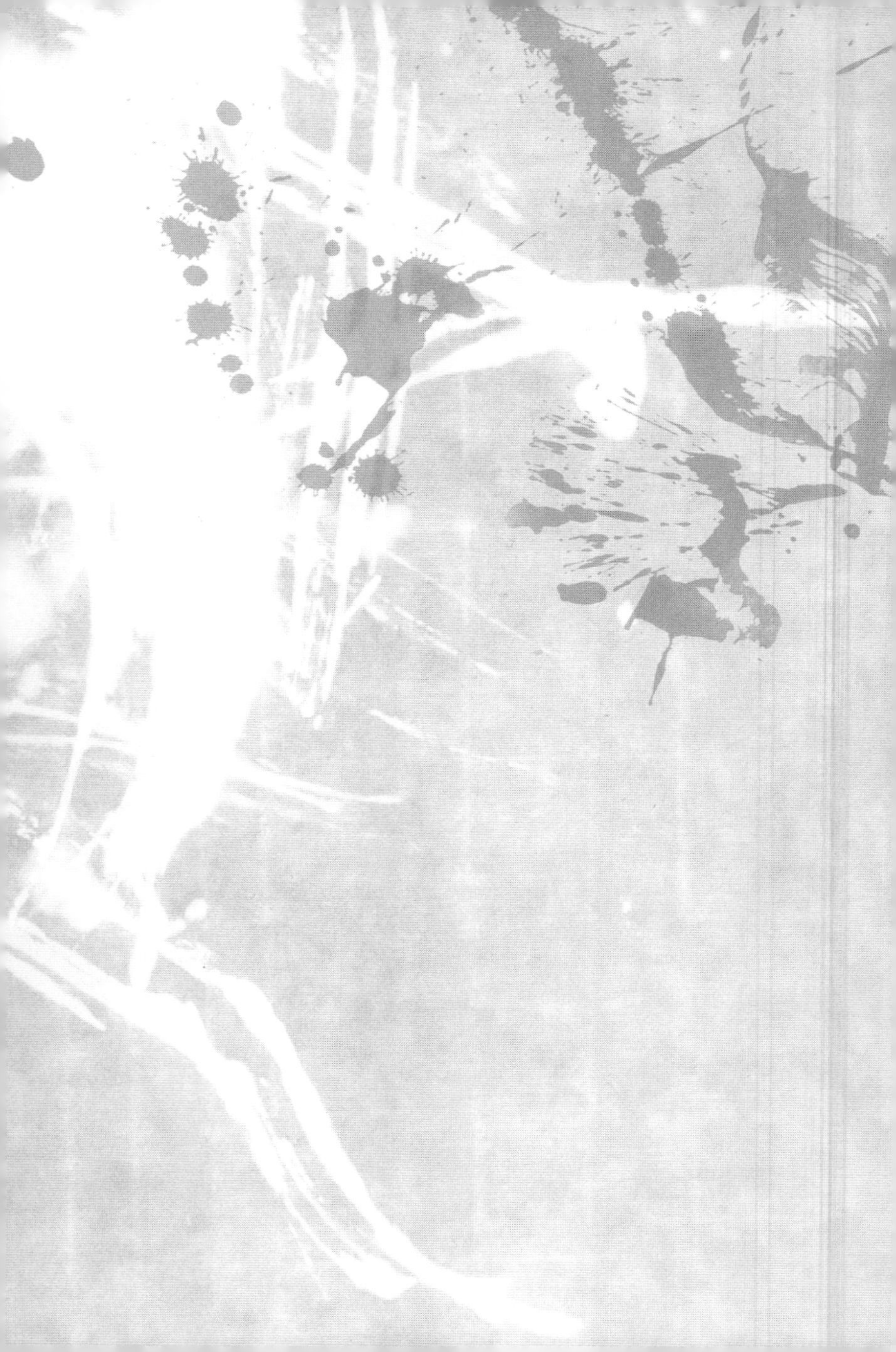

まぶたの裏に
淡々
月光が兆し
秋が
忍び入る

一つを
選べずに
月光の
さしこむ先
見とどけている

なにも赦せないまま
絡ませている
キンモクセイの
甘い
密告

何かをねだる
毛細血管のよう
冬木立
空へ　空へ
果てる

ふゆの茜雲
せっかちなのか
せとぎわなのか
引きとめられない
切実を抱いていたいから

真実を突き刺す
白い空のまなざし
冬の
淋しさは
綺麗

きらぎらしさを
患って
今年もクリスマスカラーの
孤独たち
舞う

白き
無辺に燃ゆ
寒椿
堕ちてなほ
戀をしている

濡れたお筆の
一本一本
筆架に
吊るし直す
年の瀬

ii

慕

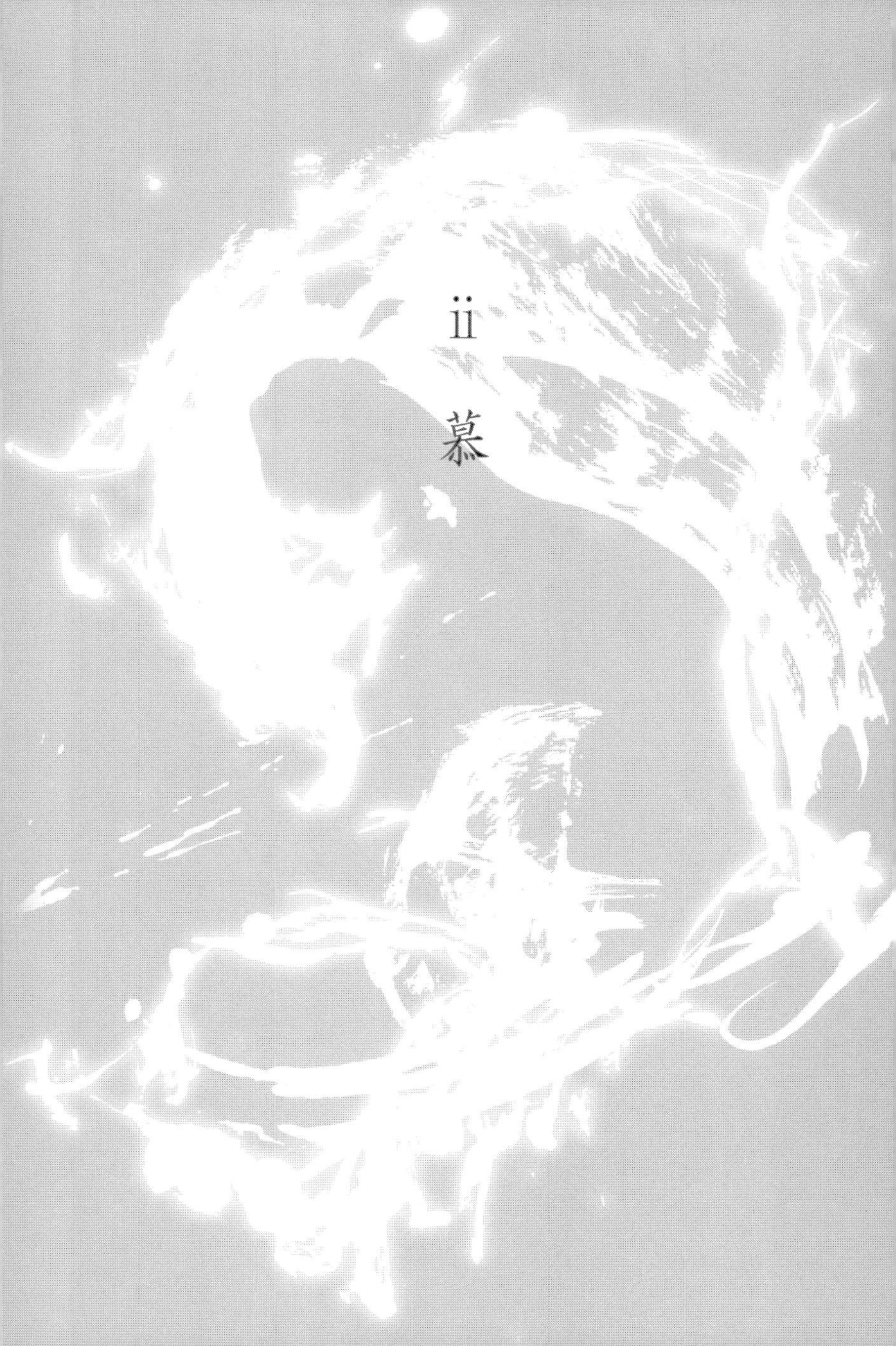

さしこまない陽の
窓際でひざを抱えた
君の孤独の
蒼色を
愛している

きみと
きみ以外のものと
世界は
二分
されてしまった

観覧車に包み込まれて
逃げ出せない
空の彼方で
二人
消滅《きえ》るほどの透明になりたい

1ミリずつ、背伸びして
2ミリくらい、の虚勢をはって
いつかこの天蓋をつきやぶるのだ
あなたの空色に
触れるのだ

わたしの黒点を
一瞬でやきつくしてしまった
まっすぐな光
これが
愛なの

きみがくれたやさしさ
それを裏打ちしてる
きみのかなしみ
わたしはそれごと
きみを、抱かなくちゃ

髪を
なでられるおと
波音に似た
よせてはかえす
愛のおと

追いこしあったり
共有したり
一冊の本を
同時に読みかけているような
きみとの二人暮し

解りきったこと
すべての成分は
愛
ただ　その証明が
むつかしいのだけれど

丸く
ひざを抱えて眠るキミ
アンモナイトの
化石となって
眠れよ

純粋すぎる
きみの非凡な弱さを
わたしの
最愛のかなしみに
したんだ

きみは
きみを直視できない
ただし。脆く儚いもののきれいさで
わたしを
見惚れさすけれど

あなたの核心がすき
だからうそや裏切りでも曇らない
とうめいなガラスの眼で
割れてしまっても
愛してるって言うの

いくえにも
重なりあうのに
だんだん
とうめいになる
愛はみえない

さみしさから
生まれた衝動で
きみを
突き動かして
ごめんね

今宵クレーン車に
釣り上げられた
月のした
贋ものの
恋をしている

ともに生きるとは
ともに死んでゆくこと
やがて破片ひろうにも
見分けつかぬほどの
一色《ひといろ》

死では
おわらない
月と
沈む
恋をした

静寂
よりも静か
きみの鼓動
だけの
せかいは

淋しさが
化膿して
何処へともなく
愛が
にじんでゆく

月明かりしかしらない
愛と
癒着した
真実が
燦々

一瞥
ショーウインドウ
映りこんだ
嘘の
在り処

ギムレットの
夜
のぞきこんだ
ながい睫毛の
奥　底　果て

雲に喰われた
異形の
月が
きみの海に
浮かんで

うそをつくのは
唇
ではない
まなざしのなかの
欠けた　月

それは
雨のせい
一つの傘に囚われ出られないのは
この涙色した雨の
せい

意味　明日　解
いらない
キミと今
ここ
まつ毛　キス　死

秩序の弦を
弾いて
ふるえる
理性を
弄んでいる

なんども　なんども
名を呼んで
知った
愛をかたどる
かなしみのこと

わたしはこんなときに泣く
銀色のそらに泣きそうな
手を
金色のうみに
ひきずりながら

原色の
乏しい町に
わざと置き忘れてきた
恋の鈍色
カメレオン

満ちるものと
引くものの
願いは
一つ
だったかもしれない

消してゆく
苛立ちが
恋を
歯がゆさが
愛を

きょうも
何かがわかりあえない
君のいない
水底で
眠る

渇いたことば
交わしながら
こんなにも
洗い髪からしたたる
おんな

黒の
ペディキュア
なにもかもを塗り込め
女は
歩みをかるくする

微塵も
こぼさずに
女の足袋の
白の
鉄壁

せがむごと
ふる
キスは
あいまいな
サヨナラ

雲はオーロラのように
月は見透かす瞳のように
跨線橋の上
秘めることのできない唇
サヨナラを重ねた

ヒミツ
共鳴しあって
なみだの先の
うみは
つながる

追憶を
攪拌する
銀のスプーン
ミルクティーが
やさしい夜

きみは
風上のひと
涼やかに薫って
幾年
過ぎる

二律背反する
果実に
キスをして
会いたくなくて
逢いたくて

iii

泡沫

いきいそぐ
軋みのてっぺんで
はがれゆく
鱗が
きらめきでありますように

底なしの
甘さでもって
たぶらかされた未来を
さあ
かなしみと呼ぼうか

モザイク仕立ての
東京
ときどきこなごなになって
孤独のカケラの
降る

世界が広げる
哀しみの基盤
その上で
僕らなんどでも
笑おうとする

否定して
否定して
ヒテイシテ生まれる
わたしの中の
肯定

掻き鳴らされた
ノイズ
ちいさな疵も
だれかの
存在証明

生きるごと
粉々に散った
欠片蒐《あつ》集めて
モザイク仕立ての
わたしになる

醜く
変容した
心も
ただ一片の
孤独だったかもしれない

臆病すぎて
みにくい
自己愛だけでは
広がらぬ
世界

さみしい、なんて
ちっぽけな感情よりも
優先すべき
誰かの
孤独がある

翅は降る
だれの
虚空にも
平等に
対等に

さら　さら
逝く
時は砂
てのひらの柩には
とどまらなくて

安堵に
とどまることが
できない
ヒリヒリと
傾いてゆく

とある座標から
座標への
逃避行
青褪めた貌《かお》の
モラトリアム

何かたしかな
「一つ」求めて
浮遊してみる
混沌の街をさ迷うふりで
胸の虚空を

痛みの外側は
苦しみの
まんなか
逃げることでは
逃げ切れなくて

わらいたくない
ひらきたくない
つながれたくない
だけど
泣きたくもない

きっと、いつか
なんて虫のいい
祈り
だけでは
きっと、なにも

たったひとつの
栄光を
月のようにかざって
少年は
少年のまま

トランク一つ
棄てられないで
なんの
旅に
でるというのか

殴られて
殴られて
腫れ上がった
まぶたの隙間に
視えるもの

狡猾は
臭いになる
生き死に
に
惑いながらも

うかつに
吐き出してしまった
ことば。
喉は、
いまも渇きつづける。

ゆるやかに
深刻化してゆく
君の
心の
美しさ

飾り立てても
光らない
いのち
真っ黒に汚れてたって
ひかるもの

キミの笑顔が
つよさだと知る
ああ、かなしみに
根を
はっていたんだね

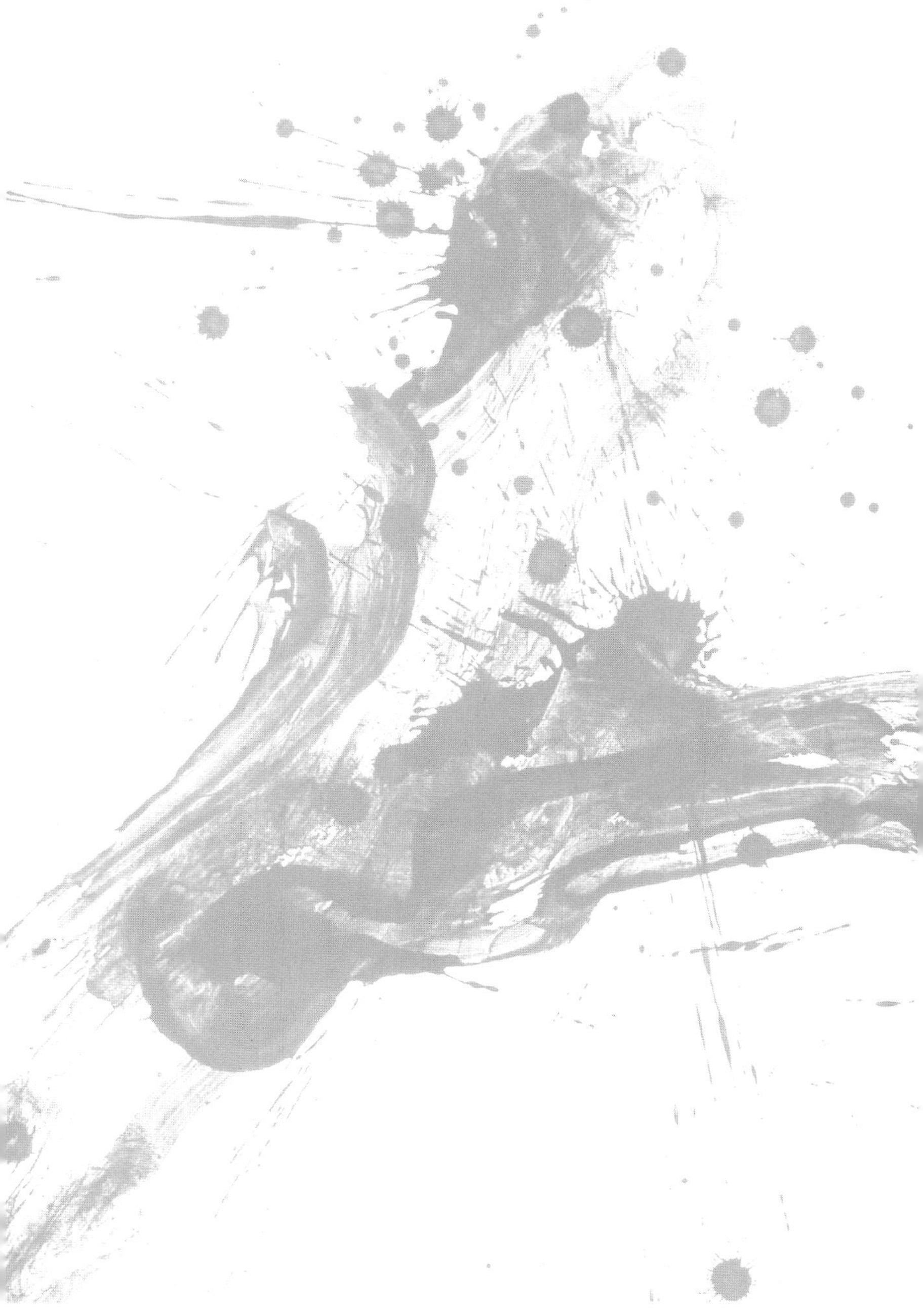

てのひらに
うけとめきれず
桜の狂気と
母は
散ったの

ドラマティックな雨音
やんで
人の死は
くるいそうな
しずか

亡骸の
絶対無音が
轟いて
かなしみが
決壊する

ただ
あたらしいきせつに
はねが触れるだけ
あなたは
逝くのではなく

月　水　金は
とうせき
ちぎったら「おわり」
おとうとの
鎖

夢のなか
あの子はなんども死ぬ
慌てめざめても
結局
あの子は死んでいる

父さんに
でんわしようと思って　忘れて
父さんにでんわしようと想って
忘れて　父さんが
風花になる

やわらかく
やさしくなるほど
かなしい
職人だった男の
掌

さみしい
とはいわない
父の、まつ毛の
さみしげな
角度

「生」を
ふちどるものは
死の記憶
心骨に刻す
かなしみの深度

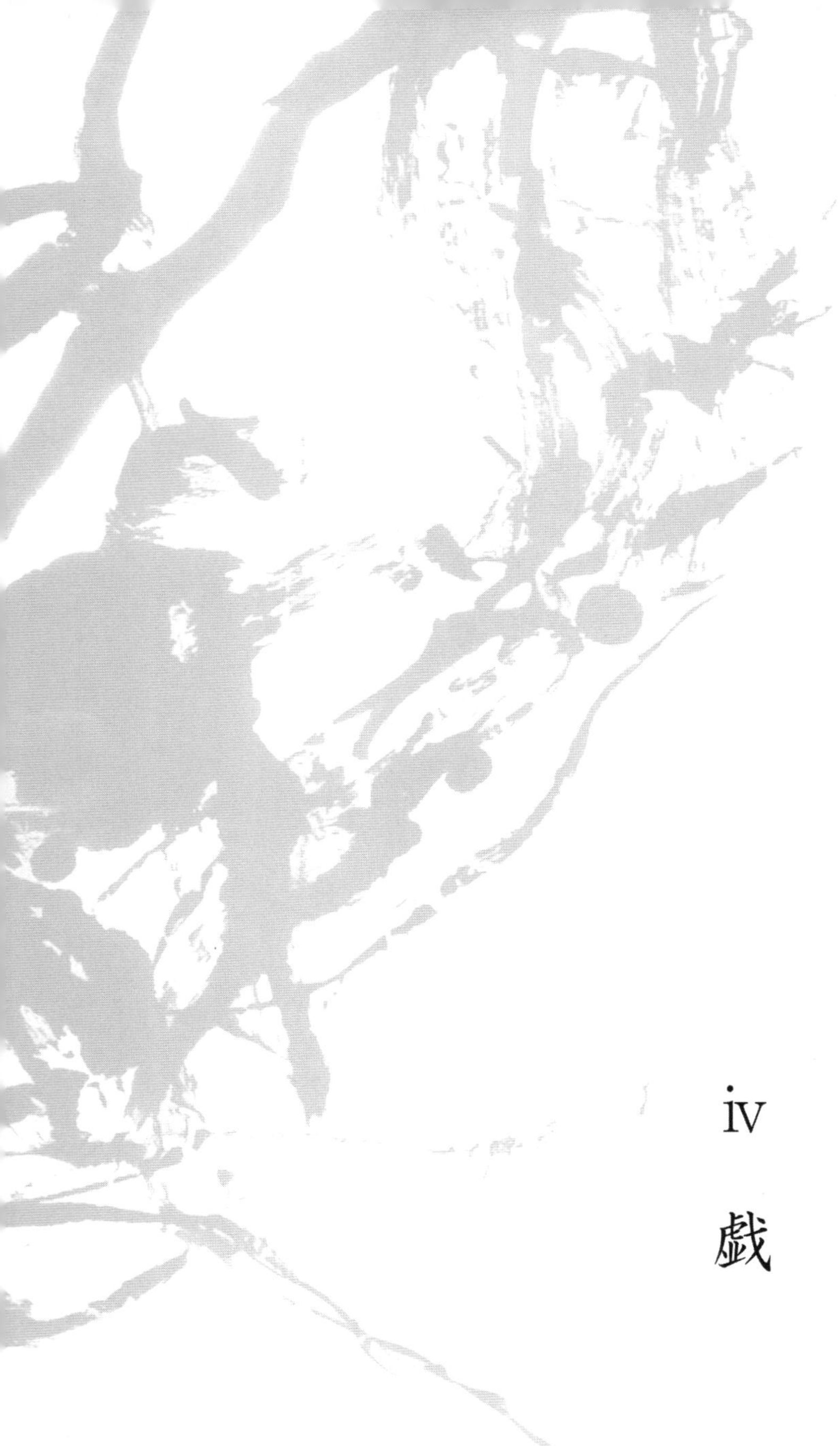

iv 戯

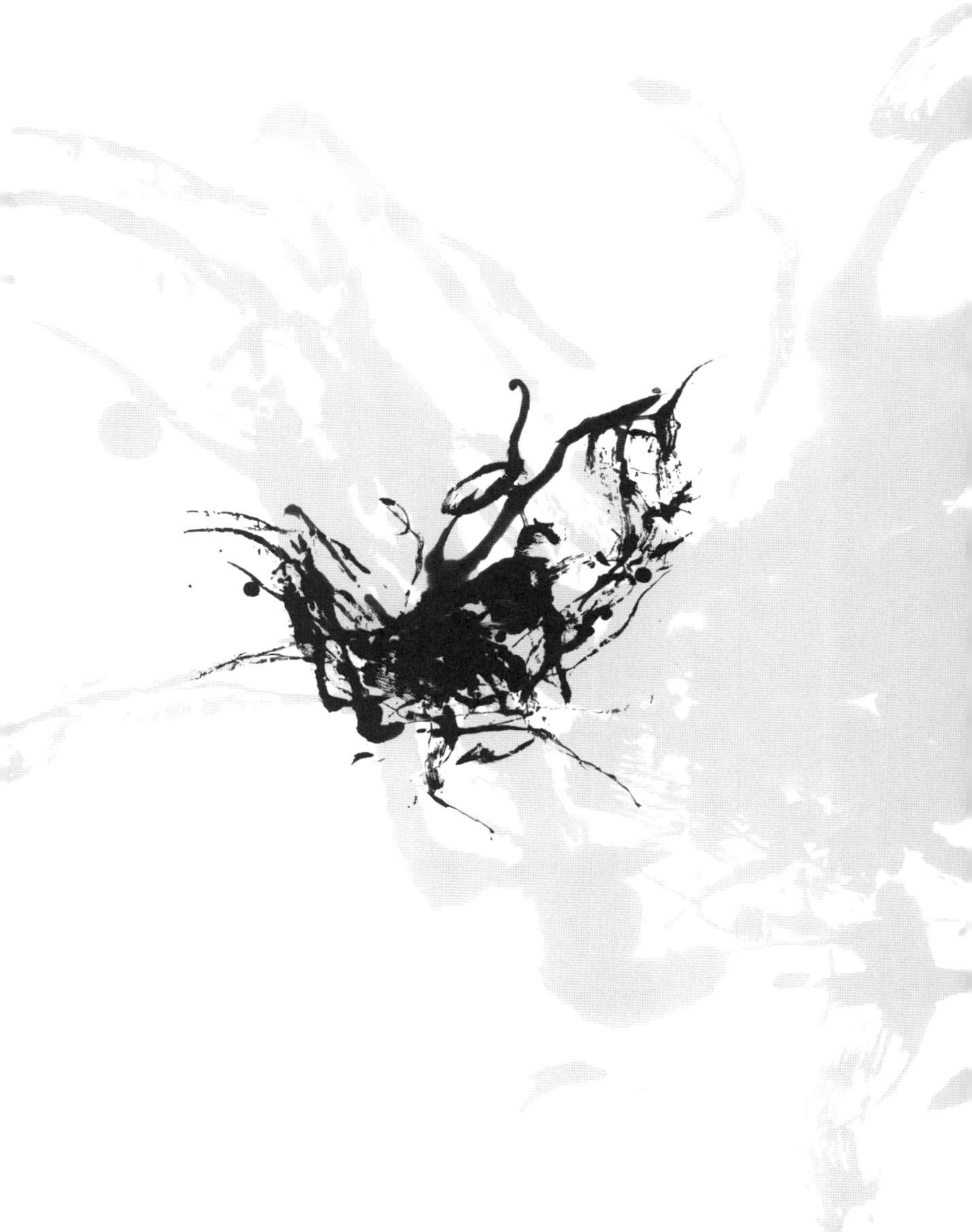

傷を見せるの
闇をグラスに傾けて
たがいの
したたる罪に
欲情するの

はじめてともに
堕ちたのは
呼吸をやめた
夜の
無辺

うそで
傷つけないで
真実でだけ
わたしのことを
痛く　して

しあわせだけをいちめん
しきつめた
よるに
ねそべる
しぬ　しぬ

せなかにうける
口づけが
すき
私の目には映らないせかいで
あいされているの

膚を
吸われる
輪郭のない
やはらかな
愛になる

どこまでゆくの
とうとうと流れゆく闇の
蜜色に
また一ひらを
ゆだねている

秘密の空をみつけたの
ねえ
ここで壊して
バラバラになった私
ぜんぶ見つけて

すりぬける指で
なにもかもを欲しがる
果てのない
愛に
囚われている

残像と
残像をむすんで
真夜を
おしわけてくる
美化《うつく》しいもの

狂おしさを
きらわないでね
この退廃に
生あたたかな
蔑みをください

混ざりあっても
濁りあわない
愛が
きぜんと
響きあってる

夜に死んで
朝を
殺して
私達はこの恋に
従順なだけ

「あいしてる」ってことばを
やみに光に、囁いて
不確かなせかいの
不自由な束縛《あい》を
きみは、まもろうとする

この闇を
狂わせてくれるなら
真紅の
林檎を
齧ってもいい

棘を
ふくんで
毒を吸いとる
あなたの母にも
なりたくて

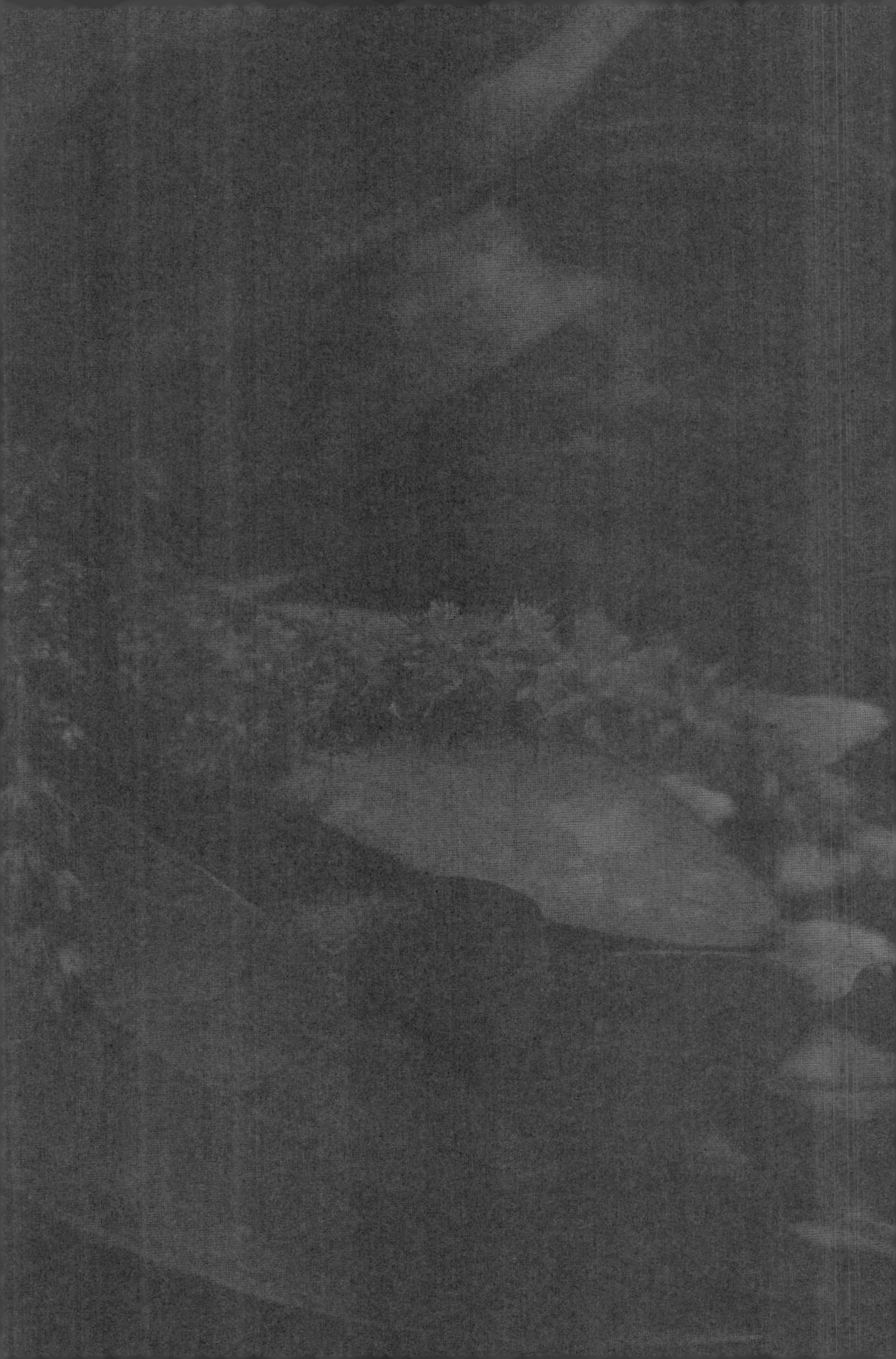

どんな
絶望のふちに立とうとも
お前は容赦なく
俺に
愛されるのだ

きみが与える
滅びに向かう
傾斜を
限りなく
美しいと思う

孤独に喘ぐ
ちっぽけな
蟲
愛の気配には
敏感

二度と沈まぬように
つかまえた
今宵
月を
玩具にして

私を
愚かにして
白昼夢が
余韻として
去る

花蜜食コウモリ
いきるための盗蜜
媚薬よ、もっと
甘くて
いい

頽れた梯
軋みが
甘く響いている
昇ることと堕ちることが
かさなる　夜

デカダンス
に
魅入られ
堕ちる
朝日で、灰になるまで

躊躇いは
―弱く、
―狷く。
なまあたたかなものを
欲してる

高みへ
放たれる
躰
ただ、感情だけが
落下してゆく

もっと…
贈りあう愛のせつなさが
ほしい
「欠落を支配して
下さい」

果て、なのだと思った
そこはさらなる
欲の生成される場所
さらに君の海へもぐる
わたしは深海魚《グロテスク》

二人
一途に傷つけあうこと
その頂で
確かな軋みを
漏らすこと

夜毎
靡いている
赦したり
赦されたり
赦しあう哀しさに

君と僕とはただ一つの部屋
ただ一つ
ブラインドに閉じた
ざらつく視界の手触り
ともに愛した記憶

光りの静か
白夜のしじまのような
朝
ひとりびとりでいることの
官能

私だけがその交接を
残像を
記憶して
記憶して
瓦解する、夏

依存しあって
たがいに壊れてゆけばいい
ブルームーンの
その蒼く狂った
火照りのせいにして

抜け殻になっても
蛇のかたちで
縛ろうとする
愛とはよべない
虚ろなものよ

みぎにも
ひだりにも
傾く
戯れたがりの、
まるで眉月。

連動する
愛　と　棘
淋しさが
配分を
狂わせてゆく

触れていいなら
びろうどの
心地
やさしさだけを
あげる

V

詩

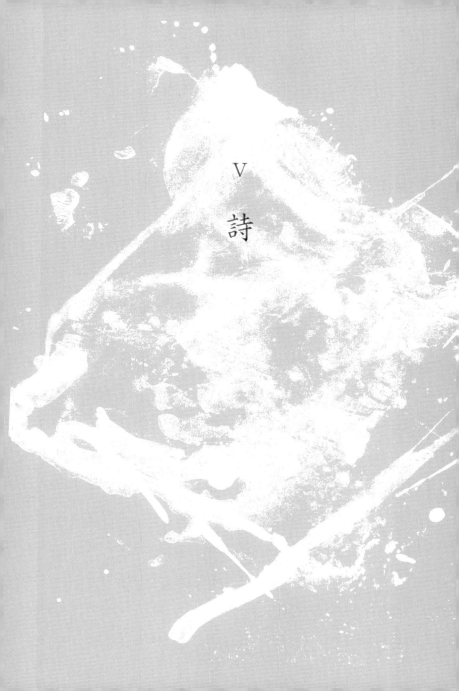

歌も　書も
器
たましいを
盛りつけたなら
煌めくの

さびしさを
埋めちゃだめ
底でしか
奏でられない
絶叫がある

動けない
闇の中でも
こころ動けば
うたは
生まれる

本はいつも
やさしかった
いくらでも甘やかす
知性と堕落とを
秘めていた

ずっと
言葉にすがりついてきたんだった
血のように泪のように
あふれるんだった
詩は

しろい頁に
たどりつくたび
すこし
エレガントに
狂ってみる

堕ちながら仰いだもの
空　空殺す電線
掌《て》　掌《て》　掌《て》
みんな…
詩

詩を
海に捨てました
詩を土に埋めました
そのひと時が
詩、でした

星の囁き
宇宙の鼓動
銀河の祈り
書き残せ
僕らのつづく未来を

言葉は
裸身
何を纏い
何を散りばめ
何を秘めようが

わたしたちの未来を記そう
羽をもつ心で
だれとでも寄り添いあえる
愛の起源の
はしくれになるのだ

ふわり
てのひらに舞い降りて
たちまち
とうめいなかなしみになる
それが、歌

色彩を
墨色が飲み干して
それが
ことばの
光になる

筆を
置き
ふと
ペパーミントの
静寂

筆文字はべらせ
貝は蝶のやう
古典美の
宙
舞う

教えるとは
自分も学びなおすこと
ふたたびの無から
師をなぞる
筆先

墨象は
心の
かたち
声にならない
こころの懺悔

具象だけではあらわしきれない
心のカケラ
心の尻尾
心の翳を
つかまえにいく

云えなかったことばたち
筆先をふるわす
線になる
ざわめく涙の
痕になる

美、とも違う
心ゆさぶられるなにか
無様でも
たましいの線を
刻みたいとおもうのだ

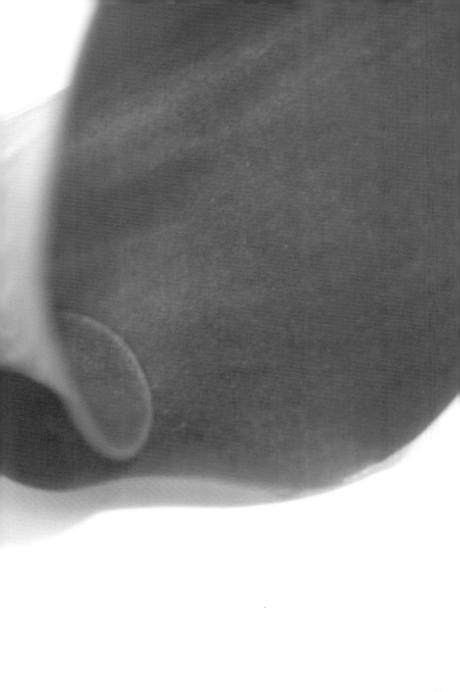

ゆらめきは
生きていることの
きらめき
曲線を描くたびに感じる
いのち

足掻いては沈む
かき鳴らしては
狂う
調律不可の
蒼い自画像

「生活」
なんて魔物で
きみの気高い
怒り　を
汚さないこと

うつくしい怒りのまま
真実を
撃ち抜いてください
君がまた
ペンを　持った

キリトリたいもの、
まなざし、
空気、
ぜんぶ
刹那の。

キミの内側
こんなにも密か
やさしい光の静寂《しじま》によりそって在る
ぼくの
透明なアトリエ

曖昧なものの
やさしさ
いつまでも
抽象画の中で
ふたりは

逆るものの
影が
闇の背中に焼き付いて
そして、疑似夜の
はじまり

この空の続きを
いつまでも描こう
つめたい夢の中でも
あたたかな
夢が醒めても

きみは一つ
左の胸に
あたたかで残酷な詩を
くちづけて
去る

闇と光
戯れて
刹那を綴る
結晶のような
残像たち

傷のない美より
傷を負ったものの
それが愛おしい
美のむこう側にある
美、のようなきらめき

作品を外し
もとの
白壁にもどる
ギャラリーはもう
べつの貌

跋　すべての言葉が新しい

五行歌の会主宰
草壁焔太

いのちには、いのちとしてのいのちと、えろすとしてのいのちがある。いのちは自身を生きるいのちであり、えろすは未来を抱えこもうとするいのちである。この歌集は、ふたつのいのちをかつて見なかった方法で詩として魅せた。

双方は夢のようなものである。それをこの宙に刻み込むのに、この人は体感のように感じる言葉の組み合わせで、これしかないというくつもの組み合わせと論理と美と感情の機微とで刻み込んだ。

信じられない造語の世界が、美として、感情として、ふぃろそふぃーとして、展開される。驚きの連続である。そのうえ、この人の体感のとらえた世界は、歌集を通して全体としても構築され、感性なのに論理をもち、つなぎ止められていることを知らされる。

言葉がこういうふうに自由に使いうるものであることを、おしえる歌集でもある。そういう試みで意味の通じないものは多いが、この歌集は体感されているこの宙といのちとのかかわりを一つ一つが万華鏡のように別の模様としてつながれる。

ほかにはないえろすの物語が、一つの個性的な体感の物語としてここに花となった。

この夢のように美しい世界では、反語がかえって真実を生むようである。

ゆるぎない愛は
やわらかな大地
堕ちても
堕ちても
花の　宙

「堕ちる」ことが、花であるというような。

一月の
しろいしろい決意は
すこし穢して—

からが
ほんもの

ほんとうの白は穢れによって完成するというような。

この歌集では、言葉はそれぞれ複雑な定義をもっているが、私が溺愛する定義の一つは、この「白」の定義である。はいいろも、黒もいい。それぞれがえろすとしてにおう。大地はそれらをやわらかく受け止めるという。だから花宙は永久につづくのか。

死では　　　　　　　　　　意味　明日　解
おわらない　　　　　　　　いらない
月と　　　　　　　　　　　キミと今
沈む　　　　　　　　　　　ここ
恋をした　　　　　　　　　まつ毛　キス　死

しあわせだけをいちめん
しきつめた
よるに
ねそべる
しぬ　しぬ

すべての言葉がここでは逆転されたかのように、傷のように生き返る。読みながら、ここにある言葉は、私たちが日常使っている言葉と同じなのかと思ってしまう。造語も多いが、すべてがこの人の体感の作った言葉であるかのようである。「詩とは新しい言葉である」と定義できるとすれば、まさにここにあるものが詩である。

ここにすべてを書こうとは思わない。ひとつ、どうしても書きたい私自身の瞬間の思い出がある。

もっと…
嬲りあう愛のせつなさが
ほしい
「欠落を支配して
下さい」

その瞬間とは、初めてこの歌を見たときである。甘雨という詩人に初めて撃たれたのはこの歌によってであった。私は雑誌『五行歌』の巻頭歌の最初の見開きに入れたと記憶する。愛のおこない、感情のなかで起こるマイナスのドラマが、それこそが愛のせつなさをたかめるということを、教えられたような気がした。

なぜもっと傷つかないのかと、問われているような。

最後の「詩」という項のなかに、こういう歌がある。

さびしさを
埋めちゃだめ
底でしか
奏でられない
絶叫がある

同様にすべての歌について、書き募ることはできる。しかし、それはまた一人一人の読み手の楽しみでもあろう。存分にこの歌集の魅力を味わっていただきたい。

あとがき

本、を偏愛して生きてきました。同時に、言葉を綴ることも。衝動は幼いころから。ときおり発作のように自由詩や小説を書き殴る。それでも満たされずにいたころに出会った『五行歌』なるもの。なんて、やわらかなうつわなのだろう。

ありのままの呼吸でよいのだという。心地よさのあまり、つい自分を剥き出しにしてしまう、おそろしい器。密やかな吐息を盛り付けるには、最高の。その出会いは鮮烈で、三日三晩ウタが溢れて、溢れて、嗚咽のように鳴りやまなくなりました。

じぶんだけの自由な旋律。それでいて、五行というのも嬉しかった。詠み手と読み手、たがいの心を行き来するのにふさわしい、花びらのような質量にもうっとりとしました。ささやかなようで、ささやかではない。日々の刹那の感情にこそ、真実はそっと潜むのだから。

さいごに、感謝と共にどうしてもこの歌集にお名前を記したい方々がいます。

五行歌との出会いを下さった西垣一川さん。奇遇にも同じ書道会であったご縁も重なり、さまざまな折に触れお気に掛けて頂きました。また、同人へと熱心にご推挙下さった故・岡村隆司さん。さらには、ミリオンセラーとなった『日本国憲法』等で有名な編集者の島本脩二さん。ご推薦をありがとうございました。そして、主宰の草壁先生をはじめ五行歌の会のみなさま、理解ある家族や友人たち。広く温かな心でお見守りいただいたこと感謝の念に堪えません。

五行歌と出会って約十五年。五行歌の会、二十五周年記念の年に上梓させて頂いたことも感慨深く、これまで五行歌を通じて出会った全てのみなさまに厚く御礼申し上げます。五行歌というかつてない柔らかな器が、これから一つでも多くの孤独な欠片、儚い色彩、奔放な感性を包み込んでゆくことを心より祈念しつつ。

令和元年　十一月

書家　甘雨拝

書家　石崎甘雨《かんう》

甘美で切ない世界観ー

縷縷書道教室主宰
(鎌倉、新宿、六本木)
ＮＹ・東京・新潟などで展示多数
https://kanwu.jimdo.com

五行歌集《ごぎょうかしゅう》　花宙《はなそら》

2019年（令和元年）11月11日　初版 第1刷発行

著　者　　甘雨《かんう》
発行人　　三好 清明
発行所　　株式会社 市井社

〒162-0843
東京都新宿区市谷田町3-19 川辺ビル1F
電話　03-3267-7601
http://5gyohka.com/shiseisha/

印刷所　　創栄図書印刷 株式会社
題字・装丁　著者
書・写真　　著者

ISBN 978-4-88208-166-1　C0092

字数にこだわらず
現代のことばを
そのままに
自分の呼吸で
五行に分ける詩《うた》

五行歌とは、五行で書く歌のことです。この形式は、約60年前に、五行歌の会の主宰、草壁焰太が発想したもので、1994年に約30人で会はスタートしました。五行歌は現代人の各個人の独立した感性、思いを表すのにぴったりの形式で、誰にも書け、誰にも独自の表現を完成できるものです。このため、年々会員数は増え、全国に百数十の支部（歌会）があり、愛好者 は五十万人にのぼります。

五行歌の会では月刊『五行歌』を発行し、同人会員の作品のほか、各地の歌会のようすなど掲載しています。

読売新聞では、岩手県版、埼玉県版、神奈川県版、山梨県版、静岡県版に、投稿作品掲載。朝日新聞は、熊本県版。毎日新聞は、秋田県版に。また、夕刊フジ、その他地方新聞や雑誌などにも多数五行歌の作品が掲載されています。

五行歌の講座として、テレビ岩手アカデミー、NHK 文化センター八王子教室・いわき教室、読売・日本テレビ文化センター柏教室、なども開催しています。くわしくはホームページをご覧ください。